L'album des chiots

Cajou en spectacle

Susan Hughes

Illustrations de
Leanne Franson

Texte français de
Martine Faubert

Éditions
SCHOLASTIC

Crédits photographiques
Page couverture : Chiot bouvier bernois
© PHOTOCREO Michal Bednarek /Shutterstock;
Contour en paillettes © olia_nikolina/Fotolia.com
Logo © Mat Hayward/Shutterstock.com;
© Michael Pettigrew/Shutterstock.com;
© Picture-Pets/Shutterstock.com
Arrière-plan © Ann Precious/Shutterstock.com
Quatrième de couverture : pendentif © Little Wale/Shutterstock.com

L'auteure tient à remercier la Dre Stephanie Avery, D.M.V.,
pour son expertise sur les chiots.

Catalogage avant publication de Bibliothèque et Archives Canada
Hughes, Susan, 1960-
[Piper's first show. Français]
Cajou en spectacle / Susan Hughes ; illustrations de Leanne
Franson ; texte français de Martine Faubert.

(Album des chiots ; 5)
Traduction de : Piper's first show.
ISBN 978-1-4431-3361-6 (couverture souple)

I. Franson, Leanne, illustrateur II. Faubert, Martine, traducteur
III. Titre. IV. Titre: Hughes, Susan, 1960-. Album des chiots ; 5.
V. Collection.

PS8565.U42P5714 2015   jC813'.54   C2014-905135-2

Édition publiée par les Éditions Scholastic, 604, rue King Ouest,
Toronto (Ontario) M5V 1E1 CANADA.

5 4 3 2 1 Imprimé au Canada 121   15 16 17 18 19

MIXTE
Papier issu de
sources responsables
FSC® C004071

FSC
www.fsc.org

*À l'adorable Jovan Thanh Ho et
à son copain Summit*

CHAPITRE UN

Il y a une dizaine de chiots! Non, plutôt une vingtaine! Ils sont tous assis en rang. Il y en a des gris, des blancs et des bruns. L'un est noir avec la queue blanche et l'autre, c'est le contraire : blanc avec la queue noire! Ils regardent tous Catou, les yeux remplis d'espoir.

Catou est dans la cour de l'école, près du portail. Elle s'appuie contre le grand chêne. Elle a les yeux fermés et attend sa meilleure amie, Maya.

— *À toi de choisir, Catherine! dit son père en*

*balayant la rangée de chiots d'un grand geste de
la main. Prends celui que tu préfères. Ta mère et
moi sommes revenus sur notre décision. Tu peux
maintenant avoir un chiot à toi!*

Un chiot à elle toute seule! Mais lequel choisir?

— Catou? entend-elle. Hé Catou!

Catou garde les yeux fermés. C'est l'automne et
le temps est plutôt frais, mais elle n'a pas envie
de bouger. Elle ne veut pas mettre fin à sa rêverie
préférée. En réalité, ses parents ne veulent pas
qu'elle ait un chiot. Ils disent qu'ils n'auraient pas le
temps de s'en occuper.

*Il y a un setter irlandais roux assis à côté d'un
chiot danois aux pattes démesurément longues. Il y a
un caniche tout frisé, de couleur abricot, à côté d'un
chiot golden retriever au poil soyeux. Il y a aussi un
chiot cocker avec de grandes oreilles tombantes, assis
à côté d'un terrier de Boston aux oreilles bien droites.*

*Ils sont tous si mignons! Et ils la regardent, le cœur
rempli d'espoir.*

— Hé, Catou! répète la voix.

Difficile d'ignorer cette voix, si près d'elle.

— Catou-Minou! Réveille-toi!

Catou ouvre soudainement les yeux. C'est son amie Maya, bien entendu, qui tient à lui donner ce surnom parce qu'elle le trouve drôle pour une fille qui adore les chiens. Elle aime bien la taquiner. Et, à l'occasion, Catou lui rend la monnaie de sa pièce. Elles sont de grandes amies depuis toujours. Elles se connaissent depuis la garderie. Elles ont joué dans la même équipe de soccer et ont suivi des cours de natation ensemble. Elles ne font pas toujours exactement les mêmes choses, mais elle ont beaucoup d'intérêts en commun. Elles aiment par-dessus tout parler des chiens. Maya les adore autant que Catou.

— Catou-Minou? dit Maya avec un sourire en coin. Finies les rêveries pour cet après-midi! Ta tante Janine veut nous voir tout de suite après l'école. Tu te rappelles? Tu m'as dit qu'un chiot nous attend au P'tit bonheur canin. Alors, quand tu seras prête…

— D'accord, d'accord! dit Catou en faisant une grimace à Maya. Je suis prête. Allez, on y va!

Le P'tit bonheur canin est un salon de toilettage et une pension pour chiens. Il appartient à la tante de Catou, qui l'a ouvert récemment. Il a connu un véritable succès dès le premier jour! Dernièrement, tante Janine a engagé un réceptionniste. Mais elle a encore besoin d'aide quand elle prend des chiots en pension. Elle compte alors sur Catou et ses amies, Maya et Béatrice, pour lui donner un coup de main.

— Où est Béatrice? demande Maya tandis que les deux filles se dirigent vers le salon de toilettage. Elle ne vient pas?

— Elle va nous rejoindre là-bas, explique Catou. Elle doit d'abord passer à la bibliothèque pour y rendre des livres.

Quand les deux fillettes débouchent dans la rue principale de Jolibois, elles tournent et passent rapidement devant le restaurant, le salon de coiffure pour hommes, la banque et quelques autres commerces.

En arrivant devant le P'tit bonheur canin, elles aperçoivent Béatrice, tout essoufflée, qui les attend à l'extérieur.

— J'ai couru jusqu'à la bibliothèque, puis jusqu'ici, leur explique-t-elle, le sourire aux lèvres. Je ne voulais rien manquer!

Catou lui rend son sourire. Béatrice est folle des chiens, elle aussi!

La cloche tinte quand elles entrent. Derrière le

bureau de la réception, Thomas lève la tête.

— Bonjour mesdames, dit-il. Janine sera avec vous dans un instant.

Tante Janine était si occupée par les toilettages qu'elle n'avait plus le temps de répondre au téléphone ni de fixer des rendez-vous. Alors, elle a engagé Thomas et maintenant, c'est lui qui s'occupe de tout ça. Il a une chatte tigrée qui a 15 ans et qui s'appelle Marmelade. Il l'emmène partout où il va. À la réception, elle s'assoit toujours sur le comptoir et regarde de haut les chiens qui entrent et ressortent.

— Bonjour, Thomas! lui répondent les filles.

— Comment vas-tu aujourd'hui, Marmelade? demand Catou.

Elles caressent la vieille chatte qui fait semblant de ne pas être intéressée, mais qui ronronne quand même très fort!

— Toujours dure à cuire de l'extérieur, mais tendre comme de la guimauve à l'intérieur! dit Thomas avec un sourire.

Le téléphone sonne, et il se retourne pour répondre.

Il y a deux clients dans la salle d'attente. Un homme d'un certain âge est assis sur le canapé, avec un berger allemand au poil hirsute à ses pieds. Une femme avec de longs cheveux roux est assise sur une chaise, avec un loulou de Poméranie roux sur ses genoux. Elle se penche pour l'embrasser sur la tête.

— Regardez! dit Maya en donnant un coup de coude à Catou, puis à Béatrice.

Les cheveux de la dame sont exactement de la même couleur que le poil de son chien!

— D'après vous, se teint-elle les cheveux exprès? chuchote Maya.

— Ou bien, elle a choisi ce loulou justement à cause de sa couleur, répond Catou à voix basse.

Béatrice pouffe de rire.

La porte de l'arrière-boutique s'ouvre et tante Janine entre dans la salle d'attente. Elle porte sa blouse bleu pâle et des boucles d'oreilles en forme de chiots. Elle est accompagnée d'un jeune homme qui tient un chiot boxer dans ses bras. Son tee-shirt est trempé, mais il sourit.

— Merci d'avoir coupé les griffes de Porto et de m'avoir appris à lui donner un bain, dit-il à tante Janine. La prochaine fois, il sera peut-être plus calme.

Tante Janine éclate de rire.

— Oui, j'en suis sûre! dit-elle.

Porto aboie avec enthousiasme. Il remue le derrière et secoue la tête.

— Tout compte fait, peut-être pas! ajoute tante Janine en souriant.

Le propriétaire de Porto règle la note, puis ils s'en vont.

— Bonjour, ma chouette! dit tante Janine.

C'est le petit nom qu'elle donne toujours à Catou.

— Bonjour Maya et Béatrice! ajoute-t-elle. Merci d'être venues.

Elle se tourne vers les deux clients qui attendent.

— Je suis à vous dans un instant, dit-elle. Je dois d'abord présenter une petite élève à mes aides de camp! Venez, les filles!

— Une élève? demande Béatrice en regardant Catou et Maya d'un air interrogateur.

— Je ne suis pas au courant, répond Catou en haussant les épaules. Tante Janine ne m'a rien dit au sujet du nouveau chiot. Allons-y et on verra bien!

CHAPITRE DEUX

Les filles suivent tante Janine et entrent dans la garderie. Tante Janine s'occupe principalement de toiletter des chiens. Elle n'est pas encore prête à prendre en pension plusieurs chiens à la fois. Mais, à l'occasion, des clients lui demandent de les dépanner parce qu'ils ne veulent pas placer leurs chiots dans de grands chenils. Ils sont à la recherche d'un endroit plus spécial et tante Janine ne refuse jamais d'aider un chiot.

Elle habite dans l'appartement au-dessus de

sa boutique. Quand elle a un petit pensionnaire, elle s'en occupe après le travail. Catou et ses deux amies viennent alors l'aider après l'école et en fin de semaine.

— Je vous présente Cajou, un bouvier bernois, dit tante Janine. Elle a quatre mois.

Quatre grandes cages sont alignées contre un mur. Trois d'entre elles sont vides, mais celle qui est sous la fenêtre est occupée par une magnifique

petite chienne toute potelée. Elle est presque toute noire, mais elle a une tache rousse au-dessus de chaque œil. Ses pattes sont rousses avec des pieds blancs. Sa gorge et sa poitrine sont blanches et elle a une ligne blanche sur le front, sur le museau et entre les yeux.

Quand la petite chienne aperçoit les filles, elle se met à sauter et agite sa queue dont le bout est blanc lui aussi.

— Elle est adorable! s'exclame Maya.

— Bonjour Cajou! dit Catou. Dis donc, tu es belle comme un cœur!

Cajou remue la queue encore plus fort et sourit aux filles.

— Cajou est ici pour une raison très particulière, dit tante Janine avec un grand sourire. Sa propriétaire, Guylaine Bélisle, la prépare pour sa première exposition canine.

— Mais tu as dit qu'elle n'a que quatre mois! dit Béatrice. C'est trop jeune pour participer à une exposition, non?

— C'est très jeune, en effet, dit tante Janine. C'est pourquoi Guylaine la présente dans un groupe de tout petits chiots. Le juge vérifie simplement que les caractéristiques du chiot correspondent aux normes de sa race. L'exposition aura lieu samedi au centre récréatif de Jolibois.

— Ça semble amusant! dit Catou avec enthousiasme.

— Ce sera une première pour Cajou, dit tante Janine. Guylaine veut qu'on la prépare au bruit et à l'ambiance d'une exposition canine. Elle ne s'attend pas à ce que Cajou remporte un prix, mais elle tient à ce qu'elle se comporte bien. Guylaine travaille à domicile et elle a commencé à lui enseigner quelques ordres de base chaque jour.

Catou regarde la petite chienne qui est assise dans sa cage, la tête levée vers tante Janine. On dirait qu'elle l'écoute parler!

— Mais cette semaine, Guylaine doit passer voir des clients tous les jours, poursuit tante Janine. Elle est très, très occupée. J'ai accepté qu'elle amène

Cajou ici, tous les après-midi. Je lui ai expliqué que, toutes les trois, vous la feriez jouer et vous lui tiendriez compagnie. Guylaine voudrait aussi que vous lui fassiez pratiquer les ordres de base. L'exposition est dans cinq jours!

— Pas de problème! dit Catou, le cœur battant la chamade, absolument ravie.

— On va le faire avec plaisir! s'exclament Maya et Béatrice.

— Excellent! répond tante Janine en esquissant un petit pas de danse. Je savais que je pouvais compter sur vous.

Puis elle tourne sur elle-même et s'arrête devant Catou.

— Je vais vous montrer rapidement les ordres que Cajou doit pratiquer, dit-elle. Peux-tu la faire sortir de sa cage pendant que je vais chercher sa laisse.

Catou ouvre la porte de la cage et soulève délicatement le chiot.

— Par ici, ma belle, lui chuchote-t-elle doucement à l'oreille en la prenant dans ses bras.

Cajou se tortille de plaisir et bat de la queue.

— Tu es adorable, chuchote la fillette.

Elle respire son délicieux parfum de chiot. Elle lui flatte le dos et lui donne un petit baiser sur la tête.

— Viens ici, Cajou! lance Maya.

La petite chienne se met aussitôt à trottiner en direction de Maya et de Béatrice pour faire connaissance.

— Elle est très sociable, dit tante Janine. Les

bouviers bernois sont généralement doux et affectueux. Ils veulent plaire à tout le monde!

Après s'être laissé flatter par Béatrice et Maya, Cajou bondit en direction de tante Janine. Celle-ci prend des gâteries pour chiens dans un sac sur l'étagère, puis elle fixe une laisse rouge au collier du chiot.

— Maintenant Cajou, écoute! dit tante Janine qui cache une gâterie dans sa main. Montre-leur de quoi tu es capable! On commence par « Assis ».

Elle attend d'avoir toute l'attention de Cajou, puis elle retourne sa main pour lui montrer sa paume. Ensuite, elle lève lentement sa main au-dessus de son museau tout en maintenant la friandise en place avec le pouce. Pour ne pas perdre de vue la gâterie, Cajou doit lever la tête très haut, si haut que son derrière se pose par terre sans qu'elle s'en rende compte. Et Voilà! Elle est assise!

— Bravo, Cajou! la félicitent les filles.

Tante Janine donne la friandise au chiot qui remue la queue en la dévorant.

— Mais pourquoi tu ne lui dis pas « Assis » en même temps? demande Maya.

— Bonne question! dit tante Janine. Un très jeune chiot ne peut se concentrer que sur une seule chose à la fois. Alors, il vaut mieux lui donner les ordres d'une seule façon : avec la main ou avec la voix. Et comme il réagit mieux aux mouvements de la main qu'au son de la voix, on commence généralement par la main. Quand le chiot a bien appris l'ordre avec la main, on ajoute la voix. Il fait alors le lien entre le mot « Assis » et le mouvement de la main. Par la suite, il suffit d'employer le mot pour qu'il obéisse.

— Eh bien! dit Maya, ébahie. Psychologie canine 101! Plutôt futé!

Cajou s'est relevée et remue la queue. Elle a les yeux fixés sur la poche de tante Janine. Elle sait où se trouvent les gâteries.

— On continue! dit tante Janine. Cajou doit apprendre à bien marcher en laisse. Il faut tenir la laisse ni trop tendue ni trop lâche.

Tante Janine tend le bras sur le côté et fait

faire deux fois le tour de la pièce à Cajou. Tout en marchant, elle lui donne une gâterie.

— Vous voyez comme elle est bien concentrée sur moi et comme elle tient la tête haute? dit-elle aux filles.

— Bravo Cajou! dit Catou en applaudissant.

— Maintenant, Cajou doit apprendre à rester debout bien calmement pendant qu'on la touche, explique tante Janine.

Elle prend une friandise dans sa main, et se place devant Cajou. Elle lève la main juste assez haut pour que la petite chienne se tienne la tête bien droite, les oreilles dressées.

— Maya, peux-tu caresser Cajou, s'il te plaît? dit tante Janine.

Maya se penche et flatte le dos du chiot. Tante Janine tente de lui donner une gâterie, mais Cajou est trop excitée et gigote tout le temps. Elle lèche la main de Maya.

Maya éclate de rire.

— Bon! dit-elle. On a encore un peu de travail à faire!

— Enfin, il faut qu'elle se laisse examiner les dents, dit tante Janine en se penchant.

Elle ouvre doucement la gueule de Cajou qui se met à remuer la queue de joie.

— Rien de bien compliqué, comme vous voyez, dit tante Janine.

Elle regarde sa montre.

— Oh mon Dieu! s'exclame-t-elle. Je dois y aller! Les clients m'attendent! Vous allez pouvoir continuer la leçon, les filles?

— Oui, bien sûr! dit Catou en prenant la laisse des mains de tante Janine.

— Venez me chercher s'il y a un problème, dit celle-ci.

Et elle sort de la garderie en agitant la main par-dessus son épaule.

CHAPITRE TROIS

Catou, Maya et Béatrice échangent un regard. Cajou est assise sur son arrière-train et les regarde.

— Bon, on va commencer par jouer un peu avec elle, dit Catou. Une fois qu'on la connaîtra mieux, on se mettra aux leçons.

— Oui, oui! approuve Maya. Tu as lu dans mes pensées, Catou-Minou!

— Dans les miennes aussi! ajoute Béatrice.

Elles se mettent à genoux et Cajou essaie de grimper sur les genoux de Catou en remuant joyeusement la queue.

— Oh Cajou! s'exclame Catou en la serrant dans ses bras. Tu es si mignonne!

Elle caresse ses oreilles soyeuses. Elle examine les petites bottes blanches qu'elle a aux quatre pattes. Même sa petite truffe noire est adorable.

Béatrice la regarde, impatiente de la prendre.

— Tiens, Béatrice, dit Catou. À ton tour.

Cajou gigote d'excitation quand Catou tend la laisse à son amie.

— Oh Cajou! s'exclame Béatrice. Tu es si belle! Tu es grande, aussi, et ton poil est doux comme celui d'un grand ourson en peluche.

Elle s'accroupit et la serre dans ses bras.

— Vous savez, un bernois adulte mâle peut peser jusqu'à 55 kilos, dit Catou. C'est à peu près... (Elle s'arrête pour réfléchir.) À peu près le poids de mon frère Julien.

Julien, le frère de Catou, est en 8e année. Il est grand et mince et il adore jouer au basket-ball presque autant qu'écouter de la musique.

— À ton tour, dit Béatrice à Maya, même si elle aurait aimé garder Cajou plus longtemps.

Elle l'embrasse sur la tête et tend la laisse à Maya.

— Regardez-moi ces yeux brun foncé! dit Maya. Ils sont extraordinaires!

Le chiot semble apprécier le compliment et lui donne un gros bisou baveux sur le menton.

— Gentille Cajou! dit Maya en riant. Pour te remercier, je vais t'embrasser sur la tête. J'aime bien les bouviers bernois! Mais quel drôle de nom pour une race de chien! Vous ne trouvez pas?

— Ces chiens viennent d'une belle région montagneuse du centre de la Suisse, appelée le canton de Berne, explique Catou. C'est pourquoi on les appelle « bernois ».

— Et voilà que ça recommence! dit Maya en faisant les gros yeux à Catou. Tu sais vraiment tout!

Maya se tourne vers Cajou.

— Cette fille-là est la Einstein du monde des chiens, dit-elle à la petite chienne.

— Ce n'est pas tout, dit Catou en faisant les gros yeux à Maya. Les ancêtres de Cajou étaient de gros chiens de trait. Ils étaient très forts et les fermiers leur faisaient tirer des charrettes. Ils pouvaient tirer des charges dix fois supérieures à leur poids. Autrement dit, un bernois pouvait tirer à lui seul dix autres bernois!

— As-tu lu *Les races de chiens dans le monde* hier soir? demande Béatrice.

— Pour la vingt et unième fois? la taquine Maya.

Catou sourit. Elle ne se lasse pas d'apprendre des choses sur les chiens. Elle passe donc des heures à lire des articles sur Internet et son livre préféré s'appelle *Les races de chiens dans le monde*. D'ailleurs Maya la taquine sans cesse à ce sujet. Elle prétend que Catou a lu son livre vingt fois. Mais Catou sait que c'est plutôt cent fois!

— D'accord, mon gros nounours, dit Maya. À toi de jouer.

Elle détache la laisse de Cajou. La petite chienne se met aussitôt à explorer la pièce et trouve le panier à jouets. Elle fouille dedans avec son museau. Un jouet à mâcher en tombe et elle s'amuse à le pousser avec son nez. Puis elle replonge sa truffe dans le panier et en fait tomber un jouet en peluche. Elle le saisit délicatement dans sa gueule.

— Bon choix! s'exclame Maya en riant.

Cajou trottine à travers la pièce. Toujours avec son jouet dans la gueule, elle inspecte les cages vides, puis va renifler le bureau et la chaise qui sont contre le mur. Finalement, elle s'assoit et se met à grogner. Elle laisse tomber le jouet, puis bondit dessus et le reprend. Elle recommence à le secouer dans sa gueule.

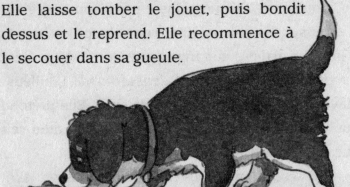

— Elle est adorable! dit Béatrice.

Quand Cajou laisse enfin tomber le jouet, Béatrice le ramasse et le lance à l'autre bout de la pièce.

— Va chercher! dit-elle.

Mais au lieu de partir en courant, le chiot se met à tirer sur le pantalon de Béatrice.

— Hé! arrête! dit-elle.

Puis elle prend sa grosse voix.

— Non, Cajou! lui ordonne-t-elle.

La petite chienne la regarde, la tête penchée de côté, mais sans lâcher le pantalon.

Maya éclate de rire.

— On dirait qu'elle te dit : *S'il te plaît, laisse-moi m'amuser encore un peu,* dit Maya à Béatrice.

— Viens, Cajou, dit Catou. Prends ton jouet.

Catou ramasse la petite peluche avec laquelle Cajou jouait et la lui offre. Cajou lâche le pantalon de Béatrice et bondit sur le jouet.

— Bien joué, Catou! dit Béatrice.

Pendant un moment, les filles ramassent le jouet à tour de rôle, chaque fois que Cajou le laisse tomber.

Puis elles le lancent dans la pièce, et Cajou court le chercher. Elles lui demandent de le rapporter, mais elle refuse à chaque fois.

— J'ai l'impression de faire autant d'exercice qu'elle, dit Béatrice en allant récupérer le jouet une fois de plus.

— Les bernois ne sont décidément pas des rapporteurs, dit Maya en riant.

Bon, dit Catou. On se met aux leçons?

Béatrice et Maya sont d'accord. Elles prennent chacune une poignée de gâteries pour chiens et s'entendent pour pratiquer les ordres selon les consignes de tante Janine.

Elles commencent donc par demander à Cajou de s'asseoir. La petite chienne obéit. Pas du premier coup, mais elle le fait quand même…

Puis, à tour de rôle, elles la font marcher en laisse. À l'arrêt, chacune fait semblant d'être une juge en la touchant et en lui examinant les dents. Maya lui fait faire deux tours complets de la pièce, puis Béatrice et, enfin, Catou.

Au début, Cajou veut jouer, mais elle se calme rapidement. Ensuite, quand la « juge » s'approche pour la toucher, elle reste bien tranquille en attendant sa récompense. Puis quand la « juge » lui ouvre la bouche, elle remue la queue.

Mais au bout d'un moment, elle se met à bâiller. Quand vient le tour de Catou de la faire marcher, elle décide de se coucher.

— Allez Cajou, lui ordonne Catou. Marche!

Mais le chiot refuse de bouger.

— On dirait qu'elle est fatiguée, dit Maya en gloussant.

Cajou se remet à bâiller.

— Je crois que tu as raison, dit Catou avec un sourire en coin.

C'est d'ailleurs l'heure à laquelle les filles doivent rentrer à la maison. Avec regret, elles remettent Cajou dans sa cage. La petite chienne remue la queue et se roule en boule. Puis elle bâille une dernière fois et ferme les yeux.

— À demain, Cajou, dit Catou.

— Au revoir, Cajou, dit Maya.

CHAPITRE QUATRE

Le lendemain, un mardi, Maya, Catou et Béatrice se rendent au P'tit bonheur canin après l'école. Quand elles entrent dans la salle d'attente, Thomas les interpelle.

— Bonjour mesdames, dit-il. Janine, la plus grande toiletteuse et la meilleure patronne de tous les temps, se demande si vous aimeriez emmener Cajou au parc aujourd'hui. Selon elle, il serait bon qu'elle pratique ses ordres dehors, dans un nouvel environnement.

— Excellente idée! s'exclame Catou avec enthousiasme. Merci Thomas.

Béatrice flatte la tête de Marmelade. La chatte, ravie, remue les moustaches, mais refuse de la regarder.

— Décidément, cette chatte nous considère comme des êtres inférieurs, dit Thomas d'une voix sarcastique.

Béatrice pouffe de rire.

Cajou se lève et remue la queue quand les filles entrent dans la garderie. Elles lancent leurs sacs à dos dans un coin et Maya court sortir le chiot de sa cage.

— Oh mon beau petit trésor! lui roucoule-t-elle à l'oreille. Tu avais hâte de nous revoir? Nous aussi!

— Regardez! dit Catou. Il y a un message pour nous.

Une enveloppe a été déposée à côté de la cage, sur laquelle il est écrit : *À Catou, Maya et Béatrice.* Catou l'ouvre, puis lit à voix haute :

Bonjour les filles! Cajou m'a dit que vous êtes toutes

les trois très gentilles. Elle a ajouté que vous êtes de
bons professeurs et qu'elle est très contente que vous
l'aidiez à s'entraîner. Merci!

Guylaine

Béatrice et Maya éclatent de rire.

— On est contentes, nous aussi, dit Maya à Cajou en la serrant très fort dans ses bras et en l'embrassant sur la tête.

Catou met Cajou en laisse, puis elles se rendent au parc qui est situé tout près du P'tit bonheur canin. Cajou ne s'arrête pas beaucoup en chemin. Quand elle arrive au parc, elle est pleine d'énergie!

La nouvelle maison de Béatrice se trouve sur une des rues voisines. D'un côté, il y a un terrain de jeux et de l'autre, une butte surmontée d'un bosquet d'arbres.

Catou a passé toute sa vie à Jolibois et elle fréquente ce parc depuis toujours. Le bosquet au sommet de la butte est son endroit préféré. De là-haut, on peut voir la ville d'un côté et la campagne, de l'autre. Le parc est bordé de quelques rangées d'arbres et arbustes.

Les filles décident de commencer par jouer avec Cajou, comme elles l'ont fait la veille à la garderie. Elles lui font traverser le parc d'un bout à l'autre à quelques reprises en courant. Elles veulent lui faire perdre un peu de son inépuisable énergie afin qu'elle soit plus calme et plus disposée à les écouter.

L'heure des exercices arrive enfin.

Cette fois, c'est Béatrice qui commence à lui faire pratiquer « Assis », « Au pied » et « Marche ». Puis c'est au tour de Maya, et Cajou lui obéit bien.

— À toi, Catou, dit Maya en lui tendant la laisse.

— Merci Maya, dit Catou.

Elle s'arrête deux secondes afin de bien se concentrer, et c'est parti!

Elle fait le signe de la main pour « Assis » et Cajou obéit une fois, deux fois, trois fois!

— Bon chien! lui dit Catou, satisfaite du résultat.

Elle lui fait faire de grands cercles sur la pelouse. Soudain, elle remarque un garçon qui les observe, appuyé contre un arbre. Il doit avoir environ onze ans. Un teckel noir et brun clair attend sagement à côté de lui.

Catou continue de faire marcher Cajou et la récompense avec une gâterie. Mais quand Cajou aperçoit l'autre chien, elle se met à remuer la queue. Elle veut aller le rejoindre.

— Non, Cajou, dit Catou. Ta leçon n'est pas terminée.

Elle continue de la faire marcher en cercle, mais Cajou ne la regarde plus. Elle est captivée par le teckel.

Catou s'arrête devant Maya et Béatrice. Elle essaie de convaincre Cajou de rester debout sans bouger tandis que Béatrice la flatte et lui examine les dents. Mais le chiot n'arrête pas de gigoter.

— C'est à cause de ce garçon avec son chien, dit Catou, contrariée. Cajou n'arrête pas de les regarder.

— Évidemment, dit Maya. C'est justement pour cette raison que ta tante nous a demandé de l'emmener ici. Il faut qu'elle s'habitue aux distractions.

Mais pourquoi est-ce arrivé pendant mon tour? se

dit Catou. *Et justement au moment où elle commençait à m'écouter?*

— Le garçon vient vers nous, fait remarquer Béatrice.

Catou fronce les sourcils. Elle renonce à entraîner Cajou.

Le teckel n'est pas en laisse. Il trottine sur ses courtes pattes en direction de Cajou. Il remue la queue. Cajou reste couchée dans l'herbe. Elle attend que ce chien, plus vieux qu'elle, l'approche en premier.

Le teckel la renifle, puis il lui donne un coup de langue amical sur le museau. Cajou se roule sur le dos. Elle veut jouer.

— Tout le monde peut promener un beau chien, dit le garçon. Mais avoir un chien qui obéit, c'est pas mal moins évident!

Les trois filles échangent des regards agacés.

— Regarde! dit-il d'un ton autoritaire.

Catou pense d'abord qu'il parle à son chien, puis réalise qu'il s'adresse à elle.

— Bristol, dit-il.

Le teckel lève aussitôt la tête et le regarde. Le garçon fait un signe de la main et le chien vient se mettre au pied. Toute son attention est concentrée sur son maître.

Un autre signe de la main, et Bristol va courir sur la pelouse, en direction des arbres. Ses oreilles battent au vent et on ne voit plus ses courtes pattes tant elles bougent vite. Une fois arrivé là, il s'arrête pour regarder le garçon. Celui-ci fait un grand geste de la main et Bristol tourne, puis se met à zigzaguer entre les arbres. Ensuite, il regarde son maître qui lui fait un autre signe de la main et il saute par-dessus une branche tombée par terre, puis une autre. Encore un signe de la main, et il repasse entre les arbres, puis revient à toute vitesse auprès du garçon.

Une fois arrivé, il s'assoit, regarde son maître et semble lui sourire, content de lui. Le garçon plonge la main dans sa poche et lui donne une gâterie.

Catou est impressionnée bien malgré elle.

— Bravo! dit-elle. Bristol est un champion!

— Il est fantastique! approuvent Maya et Béatrice.

— Oui, il est formidable, dit le garçon fièrement. Je crois qu'il serait même capable de gagner un concours canin sans moi.

Il donne une autre gâterie à son chien.

— Je te présente mes amies, Maya et Béatrice, dit Catou. Moi, c'est Catou.

— Et moi, Robert, dit-il. Il y a une exposition canine en fin de semaine et je vais présenter Bristol en classe d'obéissance. Je serai un jeune manieur novice, évidemment.

— Oui, évidemment, dit Maya.

Elle regarde Catou et Béatrice d'un air interrogateur. Aucune des trois ne sait ce qu'est un « jeune manieur », mais jamais elles ne l'admettraient.

— Alors à la prochaine! dit Robert.

— Au revoir Bristol, dit Béatrice en caressant le teckel.

Bristol remue un peu la queue.

Robert fait demi-tour et s'en va.

CHAPITRE CINQ

Le lendemain après-midi, les filles retournent au parc avec Cajou.

— On fait comme hier? propose Maya.

Catou et Béatrice sont d'accord. Elles commencent donc par jouer avec Cajou. Celle-ci a un plaisir fou à traverser la pelouse en courant. Puis elles ajoutent une nouveauté : le terrain de jeux. Elles lui font traverser le tunnel de béton, puis l'assoient avec elles sur la bascule. Elles l'encouragent à marcher sur une rangée de souches, puis elles la font sauter d'une pierre à l'autre dans la rocaille.

— Tu es vraiment bonne, Cajou! la félicite Catou.

Puis c'est le temps de passer à la leçon.

— On pourrait commencer par toi, Catou, propose
Béatrice. Hier tu étais la dernière et Cajou était trop
fatiguée.

— D'accord, dit Catou, reconnaissante.

Cajou va peut-être mieux m'obéir aujourd'hui, se
dit-elle.

Comme d'habitude, Catou demande d'abord à
Cajou de s'asseoir. Elle tient une gâterie dans sa
main. Elle lève la main, la paume ouverte, devant la
petite chienne bernoise. Celle-ci remue la queue, se
retourne et puis s'en va.

Une fois, deux fois, trois fois! Chaque fois, Catou
répète le même geste et chaque fois, Cajou remue la
queue, se retourne et s'en va. Elle veut aller vers les
arbres.

— Cajou, écoute-moi! la gronde Catou, les mains
sur les hanches. Tu dois m'obéir!

En entendant le ton fâché de Catou, Cajou baisse

les oreilles, s'écrase par terre et la regarde.

Catou sent son cœur fondre.

— Je suis désolée, Cajou, lui dit-elle. Je ne voulais pas te faire peur.

Elle s'agenouille à côté de Cajou et lui flatte la tête. Le chiot se remet debout, puis essaie de grimper sur ses genoux.

Catou rit. Elle est rassurée.

— Tu me pardonnes déjà? dit-elle. Tu es vraiment gentille.

— Essaie encore, dit Béatrice.

Catou reprend l'exercice et Cajou refuse toujours de s'asseoir. Elle tire encore sur sa laisse en direction des arbres et elle aboie.

— C'est le garçon d'hier, dit Maya. Regardez.

Catou fronce les sourcils et pose ses mains sur ses hanches. Robert et son chien Bristol sont là, debout, à les regarder. Ils déconcentrent Cajou. Voilà le problème!

— Ah non! dit Catou. Je ne vais pas les laisser nous déranger.

Cajou remue la queue. Ses yeux brillent. Elle veut aller jouer avec Bristol. Mais Catou tient fermement la laisse à bout de bras. Elle attend que le chiot se calme.

— Viens, mon chien, dit-elle enfin.

Catou se met à marcher avec elle et tente de capter son attention en lui donnant une gâterie.

Cajou tire toujours en direction de Bristol. Mais Catou persiste et l'empêche d'aller saluer son ami le teckel. Elle essaie de rester calme, mais c'est difficile!

Quand elles ont fini leur tour, Maya s'avance d'un pas.

— Beau travail! dit-elle à Catou. Maintenant je vais faire le juge.

— D'accord, dit Catou.

Elle s'agenouille à côté de Cajou. Elle met une gâterie au creux de sa main et l'offre au chiot qui s'en saisit aussitôt.

Maya secoue la tête en signe de désapprobation.

— Cajou, tu mérites un gros zéro, dit-elle en imitant la voix sévère d'un juge.

— On recommence, dit Catou.

Elle fait faire un tour à Cajou, puis s'arrête. La petite chienne place à peu près correctement ses petites pattes à bottes

blanches. Catou la flatte, puis lui tend une gâterie dans le creux de sa main. Cajou prend son temps. Elle reste parfaitement immobile pendant trois secondes, puis attrape la gâterie.

— Bon! dit Catou. Ça suffit pour aujourd'hui. Je suis à bout de patience et je crois que Cajou aussi.

— Tu es sûre de ne pas vouloir essayer une dernière fois? lui demande Béatrice d'un air soucieux. Je sais que tu peux y arriver.

— Non, dit Catou en soupirant. J'en ai assez.

Soudain, le teckel noir et brun clair est là, en train de saluer Cajou. La petite chienne s'accroupit et remue la queue avec entrain. Bristol lui lèche le museau et elle se remet aussitôt debout. Même si elle n'a pas encore sa taille adulte, elle est déjà aussi grande que le teckel. Celui-ci, très patient, la laisse s'amuser à le mordiller.

Soudain, Catou entend Robert qui appelle Bristol. Aussitôt, celui-ci concentre son attention sur son maître qui lui fait un signe. Les filles l'observent. Bristol se retourne et part rejoindre le garçon en courant. Puis Robert lève la main et fait un autre signe. Le teckel s'arrête brusquement et s'assoit au beau milieu de la pelouse. Quelques secondes passent. Il ne bouge pas.

Robert fait alors un autre signe. Bristol se retourne et décrit un grand arc de cercle avant de le rejoindre.

Cajou le regarde, elle aussi, et remue la queue.

— Tu vois Cajou? dit Maya. Un vrai champion!

— Un jour, tu seras capable d'en faire autant, Cajou, dit Béatrice, convaincue de ce qu'elle dit.

Catou s'agenouille près du chiot et le serre contre elle. Elle flatte ses oreilles soyeuses et respire son doux parfum.

Elle sait que Cajou peut tout apprendre.

Mais moi? se demande-t-elle. *Peut-être que moi, je ne suis tout simplement pas capable de t'aider à t'entraîner.*

CHAPITRE SIX

— Plus que deux jours avant l'exposition! dit Béatrice.

C'est jeudi et les trois filles sont retournées au parc avec Cajou. Béatrice est enthousiaste, contrairement à Catou qui est soucieuse.

— Et si Cajou n'obéit pas à Guylaine, samedi? dit Catou à ses deux amies. Elle semble bien coopérer avec vous, mais quand c'est moi… Peut-être que je lui fais *dés*apprendre au lieu d'apprendre!

Hier soir, Catou n'a pas arrêté de se faire du souci.

Tout au long de la journée d'école aussi. Elle pensait sans cesse à sa manière de tenir Cajou en laisse, de bouger sa main pour donner les ordres et tout le reste.

Puis elle se disait que ce n'était pas sa faute, mais plutôt celle du garçon et de son chien. Ils détournaient l'attention de Cajou.

— Ne dis pas de bêtises, Catou-Minou, dit Maya en lui donnant un coup de coude. Tu n'as rien fait de travers. C'est simplement parce que Cajou est... lunatique. Comme moi!

— Comment ça, lunatique? demande Béatrice qui tient le chiot en laisse tandis qu'il les suit en trottinant.

— Je veux dire *sensible*, tu sais! dit Maya en prenant un ton théâtral et en faisant de grands gestes. Elle a des *sautes d'humeur*.

Elle fait une grimace, puis un sourire. Elle se met à tourner sur elle-même en agitant les bras comme si c'étaient des ailes.

— Et elle est *imprévisible*, ajoute-t-elle.

49

Catou et Béatrice éclatent de rire. Et elles rient encore plus fort quand Cajou s'immobilise et se met à dévisager Maya.

— C'est la pure vérité, Cajou, dit Maya. Toi et moi, on est sensibles et imprévisibles, et on a des sautes d'humeur.

Maya tourne une dernière fois sur elle-même et Cajou va se réfugier derrière Béatrice. Les filles rient quand elles la voient risquer un œil entre ses jambes.

— Oh Cajou! dit Catou d'une voix rassurante, tout en lui tapotant la tête. Il n'y a pas de problème, c'est juste Maya qui fait son théâtre.

L'instant d'après, le chiot gambade joyeusement en suivant les filles.

Une fois arrivées au parc, elles la font marcher sur la pelouse, puis courir jusqu'au sommet de la butte et en redescendre.

En arrivant en bas, Cajou les regarde, l'air de vouloir quelque chose. Les filles éclatent de rire.

— Tu veux recommencer? demande Catou.

— Cajou, tu aimes vraiment t'amuser, toi! dit Béatrice.

Et elles repartent à l'assaut de la butte, puis en redescendent.

— Bon! dit Maya. C'est l'heure de ta leçon.

Béatrice est la première. Catou se sent tiraillée.

D'un côté, elle voudrait que Béatrice manque son coup avec Cajou, car, de cette façon, elle ne serait plus la seule à avoir de la difficulté à se faire obéir. Mais de l'autre, elle souhaite que Béatrice et le chiot réussissent bien.

Cajou est calme et obéit bien à Béatrice.

Elle se comporte de la même façon avec Maya.

Ensuite, c'est le tour de Catou.

— Rappelle-toi ce qu'a écrit Guylaine dans sa note, aujourd'hui, Cajou, lui dit Catou. *Continuez votre bon travail, les filles.*

Le chiot penche la tête de côté et remue la queue.

— Tu as l'air d'accord, dit Catou. Mais voyons voir si tu vas faire ce que je te demanderai!

Cajou remue encore la queue, et Maya et Béatrice éclatent de rire.

Catou plonge sa main dans sa poche et en ressort une gâterie. Avec sa main, elle fait le mouvement qui veut dire « Assis ». Cajou s'assoit une fois, deux fois, trois fois. *Ouf!* se dit Catou.

Soudain elle aperçoit Robert qui, comme les

autres jours, les observe, appuyé contre un arbre. Bristol est assis à côté de lui.

Catou se dépêche de faire marcher Cajou en espérant qu'elle ne les remarquera pas. Elle tend le bras, comme tante Janine le lui a enseigné.

— Montre-moi que tu sais marcher au pied, lui dit Catou en lui donnant une gâterie.

Cajou marche correctement. Malheureusement, quand elles font demi-tour pour revenir vers les deux autres filles, elle aperçoit Bristol et se désintéresse complètement de Catou et de ses friandises. Elle tire sur sa laisse. Elle veut aller rejoindre son ami.

— Cajou, à l'exposition, samedi, il y aura beaucoup d'autres chiens, lui explique Catou. Tu ne pourras pas aller tous les saluer à ta guise. Tu devras montrer au juge que tu es un chiot bien élevé. Tu devras marcher et agir correctement et tu ne devras pas tirer vers les autres chiens ni remuer la queue.

Cajou penche la tête de côté et écoute Catou. Mais quand celle-ci essaie de la faire marcher, elle veut aller rejoindre Bristol.

Catou lance à Robert un regard assassin. Qu'a-t-il donc à vouloir rester là à les observer avec son chien? C'est pourtant évident qu'il lui cause des problèmes!

Et voilà que Robert et son chien se dirigent vers elles. *Ils vont encore empirer les choses!* se dit Catou.

— Cajou doit s'habituer à voir d'autres chiens autour d'elle, dit Robert en les rejoignant. C'est un bon exercice pour elle.

Catou le fusille encore du regard. Facile à dire

quand on a un chien qui sait tout faire!

— Pourrais-tu nous laisser tranquilles? lui dit-elle.

Robert fait comme s'il n'a rien entendu et, plus Bristol approche, plus Cajou tire sur sa laisse.

— Bristol était comme ça avant, dit Robert. Un chiot à l'entraînement doit apprendre à n'écouter que toi.

Mais Cajou n'écoute pas pour deux sous! Catou a envie de tout laisser tomber. À quoi bon continuer si Cajou refuse de coopérer?

— Recommence, dit Robert en s'arrêtant à quelques pas de Catou et en faisant signe à Bristol de s'asseoir. Tu dois continuer d'essayer.

— Mais je ne sais plus quoi faire! dit Catou, excédée.

Elle a les larmes aux yeux. *Ne pleure pas*, s'ordonne-t-elle intérieurement. *Surtout pas devant cet affreux garçon!*

— Je préfère que vous vous en alliez, Bristol et toi, dit-elle.

— Non, rétorque Robert en secouant la tête. Aujourd'hui, Cajou doit absolument apprendre à faire ce que tu lui demandes, et rien d'autre. Montre-lui que tu poursuis la leçon.

Catou cligne des yeux et inspire profondément.

— Cajou, écoute-moi bien, dit-elle. C'est moi l'entraîneur et je sais que tu en es capable. Nous allons terminer notre tour.

Cajou regarde Catou et penche la tête.

Catou soulève sa main et lui fait signe de s'asseoir. Cajou obéit.

Catou prend une gâterie dans sa main. Elle tient la laisse du chiot exactement comme tante Janine le lui a montré.

— OK, Cajou, dit-elle. Maintenant tu vas marcher correctement.

La petite chienne tourne la tête pour regarder Bristol, mais se met quand même à marcher au pied avec Catou. Puis elle lève la tête et concentre son attention sur Catou qui la récompense avec la gâterie.

Catou est folle de joie; Cajou l'a écoutée pendant tout le tour de marche. Elle était calme et obéissante, et ce, malgré toutes les distractions.

— Bravo! dit Béatrice.

— Excellent! dit Maya en applaudissant. Mais que t'a dit ce garçon? Des bêtises?

— Non, dit Catou. Au contraire…

Catou se retourne pour voir la réaction de Robert, mais il est déjà reparti avec Bristol.

— Il essayait plutôt de m'aider, conclut-elle.

Catou est surprise de ressentir un peu de déception du fait que Robert n'a pas vu le bon comportement de Cajou.

Puis en y repensant bien, elle se dit que Cajou s'est bien comportée justement parce que Robert et Bristol n'étaient plus là. Tout compte fait, elle n'a peut-être pas appris à ignorer les autres chiens? Et Catou n'a peut-être pas enseigné grand-chose à Cajou!

CHAPITRE SEPT

— Demain, c'est samedi, dit Maya. Le grand jour!

Les trois filles saluent Thomas au passage et se rendent directement dans la salle de garderie du P'tit bonheur canin.

— Coucou, Cajou! dit Catou. Tu sais, demain, ce sera le grand jour pour toi.

Dans sa cage, le chiot regarde les filles en remuant la queue.

Béatrice va la sortir de sa cage. Catou ouvre l'enveloppe qui est sur la cage et lit le message laissé par Guylaine.

S'il vous plaît, contentez-vous de jouer avec Cajou aujourd'hui. Pas de leçon d'obéissance. Je préfère lui donner congé pour la veille de sa première exposition. J'espère d'ailleurs vous y voir, à 11 h 30, piste D. Arrivez un peu en avance pour que nous ayons le temps de faire connaissance. Et merci infiniment pour votre aide!

— J'ai si hâte d'assister à l'exposition canine et de rencontrer Guylaine! dit Béatrice en tapant des mains. J'espère que Cajou va bien se comporter.

— Moi aussi! dit Maya. C'était très amusant de l'entraîner.

Catou ne dit rien. Elle ne va quand même pas dire à ses amies qu'elle n'a pas aimé préparer Cajou pour l'exposition!

En arrivant au parc, elles traversent la pelouse de long en large à quelques reprises avec Cajou. Puis elles grimpent au sommet de la butte et contemplent la campagne qui s'étend à leurs pieds. Une fois reposées, elles redescendent en courant.

Cette fois, Catou a pensé à apporter son appareil photo. Elle prend quelques clichés de Cajou pour les ajouter à l'album des chiots qu'elle confectionne avec Maya et Béatrice. Elles y collent des dessins et des photos et écrivent des notes à propos de toutes

les races de chiots qu'elles aiment. Et elles y incluent tous les chiots dont elles se sont occupées au P'tit bonheur canin. Elles veulent maintenant y ajouter Cajou.

Catou prend une photo de Cajou en train de traverser la pelouse à grands bonds, la queue bien droite en l'air. Elle en prend une autre avec Maya, joue contre joue, toutes les deux faisant un grand sourire. Et une troisième de Béatrice couchée dans le gazon, avec Cajou qui bondit sur son ventre. Puis Béatrice prend une photo du chiot qui lèche le visage de Catou.

Pendant tout ce temps, Catou s'attend à voir Robert et Bristol arriver au parc. La veille, elle était fâchée contre lui et, pour finir, presque reconnaissante. Aujourd'hui, elle ne sait plus trop quoi penser de lui. Ses sentiments sont embrouillés.

Les filles ramènent Cajou au P'tit bonheur canin et lui font de longs adieux.

— On te revoit demain, au concours avec Guylaine, lui dit Maya.

— Et on est sûre que tu vas aimer ça! dit Béatrice.

— Bonne chance! chuchote Catou à l'oreille du chiot. À demain, au concours!

Elle laisse Cajou entrer dans sa cage.

Maya et Béatrice raccompagnent Catou jusque chez elle, car celle-ci les a invitées à souper. Après le repas, elles travaillent ensemble sur leur album des chiots.

Catou dessine des portraits de Cajou tandis que Maya et Béatrice écrivent un texte la décrivant.

— OK, dit Maya. Je vais lire le texte. Catou, dis-nous ce que tu en penses.

Cajou est un bouvier bernois. Elle a quatre mois et elle est magnifique. Elle ressemble à un gros ourson en peluche. Elle se prépare à participer à une exposition canine. Elle apprend à marcher correctement en laisse. Elle est très affectueuse et a un magnifique sourire!

— Parfait! dit Catou.

— On va laisser de la place sur la page, dit Béatrice. Et quand on aura imprimé les photos qu'on a prises aujourd'hui, on pourra les ajouter.

— Et on va garder un petit coin pour une photo de Cajou qu'on prendra demain à l'exposition! dit Maya.

L'exposition canine! Comment Cajou va-t-elle se comporter? Catou est impatiente de voir l'adorable petite chienne sur la piste!

CHAPITRE HUIT

C'est extraordinaire! Il y a des chiens partout! Des gros et des petits, des jeunes et des vieux, et de toutes les couleurs. Catou, Maya et Béatrice sont aux anges!

La mère de Catou a déposé les trois fillettes au centre récréatif de Jolibois à 10 h du matin. Elle reviendra les chercher à 12 h 30. Julien, le frère de Catou, est là lui aussi. Il a promis de veiller sur les trois filles.

L'exposition canine a lieu à l'intérieur, dans un

vaste aréna. Les filles se promènent partout dans le bâtiment, ravies de voir tous les chiens. Julien ne les lâche pas d'une semelle.

Une femme place un nœud sur la tête de son caniche. Un shih tzu bâille tandis que deux hommes se dépêchent de le coiffer avec des rubans avec beaucoup de sérieux. D'autres chiens se font toiletter et d'autres encore prennent leur bain.

— Regardez! chuchote Maya en indiquant un compétiteur avec un sèche-cheveux à la main, en train de coiffer un bichon havanais tout trempé.

Béatrice et Catou pouffent de rire.

Les trois amies s'arrêtent devant une piste afin d'assister à un concours d'agilité. Un border collie effectue un parcours avec son manieur. Il saute par-dessus un mur, court sur une bascule, gravit une passerelle et fonce à travers un tunnel.

Sur une autre piste, elles voient dix bergers allemands bien alignés. Le juge les examine un à un.

— J'aime vraiment les expositions canines, s'exclame Béatrice.

— Moi aussi, dit Maya.

— Oh! s'écrie Catou. J'ai failli oublier. J'ai une blague pour vous.

— Oh non! rouspète Maya. Moi qui croyais qu'on allait échapper à cette éternelle torture!

— Aïe! ajoute Béatrice avec un sourire en coin.

Catou leur fait une grimace.

— Je vais quand même vous la raconter, dit-elle. Comment appelle-t-on les chiens qui vivent au Caire?

Soudain, avant même que les filles puissent tenter de répondre, une annonce faite au micro attire l'attention de Catou.

Le concours des jeunes manieurs, âgés de onze ans et plus, aura lieu à 11 h 15 sur la piste A.

— Onze ans et plus, ce doit être le groupe de Robert et de Bristol, dit Catou.

— Peut-être, dit Maya en haussant les épaules. Hé! J'ai vu une affiche indiquant que les chiots sont par là. Allons retrouver Guylaine et Cajou. Je veux absolument les voir avant leur performance.

Catou hésite.

— Je veux aller voir Robert, dit-elle. J'aimerais lui souhaiter bonne chance.

— Vraiment? s'étonne Maya, les sourcils froncés.

— Bonne idée, Catou, s'empresse de dire Béatrice en posant la main sur le bras de Maya. Si on se dépêche, on pourra faire les deux. On aura le temps de saluer Robert, puis de voir Cajou avant qu'elle entre en piste.

Catou explique à Julien tout ce qui se passe tandis que Maya demande à un organisateur où elles doivent se rendre exactement. Il leur faut quitter le bâtiment où elles se trouvent et aller à l'autre extrémité du centre récréatif, dans un aréna plus petit.

— Nous allons devoir courir si vous voulez revenir à temps, dit Julien en regardant sa montre. Nous devrions peut-être laisser tomber.

— Non, non, on va y arriver, dit Catou. N'est-ce pas, Béatrice et Maya? Allons-y! Vite!

En arrivant à l'autre aréna, les filles sont à bout de

souffle. À l'intérieur, il y a trois pistes. Elles suivent les indications pour la A.

— Le voilà! dit Béatrice en le montrant du doigt. Robert est là.

Le garçon et trois autres jeunes concurrents attendent avec leurs chiens devant la piste A. Ils sont bien habillés et portent des brassards indiquant leurs numéros. Le premier a un caniche, le second un shetland et le troisième, un labrador. Ils semblent tous être un peu plus âgés que Robert. *Autour de 13 ou 14 ans*, se dit Catou. Ils sourient et bavardent entre eux. Mais pas Robert. Il se tient en retrait, avec Bristol à ses pieds. Il est pâle et se mord la lèvre.

— Il n'a pas l'air très à l'aise, dit Maya.

— Allons le retrouver, dit Catou.

— Je serai là-bas, dit Julien en indiquant la piste B. Je veux regarder le concours d'agilité.

— D'accord, dit Catou.

Les filles courent rejoindre Robert et Bristol.

— Robert? lance Catou. Est-ce que ça va?

Robert n'essaie même pas de faire semblant de sourire.

— Mes parents devaient venir, mais ils n'ont pas pu, dit-il d'une voix chevrotante. Mon grand frère m'a déposé ici, il n'y a pas longtemps. Il est allé garer la voiture. Je ne sais pas s'il va arriver à temps pour me voir. C'est mon premier concours dans la catégorie plus âgée.

Maya et Béatrice échangent un regard inquiet.

— Robert, tout va bien se passer, dit Catou, confiante.

— Apparemment, je suis le plus jeune du groupe, dit Robert d'une petite voix. Je crois que je préfère ne pas participer au concours.

Les trois filles échangent des regards découragés.

Puis Bristol se met à gémir et à frapper le sol de sa queue. Catou a une idée!

— Robert, dit-elle. Tu te rappelles ce que tu m'as dit au parc? Que Bristol pourrait gagner le concours sans toi?

Robert reste silencieux pendant quelques secondes. Puis il regarde son teckel.

— Exact, dit-il. C'est ce que j'ai dit.

Bristol remue la queue avec enthousiasme.

— Cajou participe à l'exposition avec sa propriétaire aujourd'hui. C'est plutôt elle qui risque d'avoir des problèmes, dit Catou en riant. Tu te rappelles son comportement avec moi? Elle était tout le temps distraite! Elle refusait de m'obéir! Mais ce n'est qu'un chiot.

Robert approuve de la tête.

— Bristol est un champion, poursuit Catou. Et tu ne vas pas le laisser tomber. Il a besoin de toi pour se sentir en confiance. Tu dois l'accompagner sur la piste et montrer à tout le monde comment il est bien entraîné.

Bristol remue la queue de nouveau.

— Regarde, Bristol est d'accord avec moi! dit Catou.

Robert reste un instant silencieux avant de hocher lentement la tête.

— Tu as raison, dit-il. Mon frère n'est pas là, mais ça va aller. Je ne peux pas laisser tomber Bristol.

Il se met à genoux et gratte son teckel sous le menton.

— Eh, Catou! les interrompt Maya en indiquant l'horloge murale. Il est 11 h 10 et ce sera bientôt le tour de Cajou. On ne pourra pas faire connaissance avec Guylaine avant le début du concours. Mais on ne peut pas manquer la performance de notre chiot. Alors, Robert, bonne chance avec Bristol!

— Oui, bonne chance, dit Béatrice.

Robert esquisse un sourire, puis s'enfouit le nez dans la fourrure de Bristol.

— OK, dit Maya. Il faut y aller, Catou.

Catou ne veut pas manquer la performance de Cajou. Elle attend ce moment depuis une semaine! Mais elle sait qu'elle ne peut pas laisser Robert tout seul. Robert et Bristol ont besoin de son soutien. Elle sait que Cajou comprendra.

— Allez-y toutes les deux, dit-elle d'une voix bien posée à Maya et Béatrice. Je vais rester ici, avec Robert.

— Mais Catou! proteste Béatrice. Tu es sûre?

— Tu vas manquer la première performance de Cajou? s'étonne Maya. À cause de ce garçon qu'on connaît à peine?

— Oui, rétorque Catou. Tout ce que je vous demande, c'est de mémoriser chaque instant de la performance de Cajou. Et n'oubliez pas de prendre des photos. On les mettra dans notre album des chiots.

Béatrice et Maya hésitent à partir, et Catou voit qu'elles se sentent coupables de la laisser seule.

— Ça va aller, insiste-t-elle. Julien va rester avec moi. S'il vous plaît. Dépêchez-vous d'y aller, sinon vous risquez de manquer le début!

Maya n'en croit pas ses oreilles!

— Toi, tu es trop gentille! dit-elle pour taquiner Catou.

Béatrice serre Catou dans ses bras.

Puis Catou regarde ses deux amies qui disent un mot à Julien. Celui-ci approuve de la tête, puis pointe sa montre.

Maya et Béatrice courent vers la sortie et Catou sent son cœur se serrer.

CHAPITRE NEUF

Catou pense à la belle frimousse noire de Cajou, avec sa tache blanche au milieu. Comment va-t-elle se débrouiller sur la piste? Les leçons l'ont-elles aidée? Elle a envie d'aller rejoindre Maya et Béatrice en courant. Elle est déçue de ne pas pouvoir assister à la performance du chiot. *Ai-je pris la bonne décision?* se demande-t-elle.

On entend une annonce au micro : *Les jeunes manieurs novices sont priés de se présenter à la piste A.*

Robert se lève.

— C'est notre tour, dit-il. Catou, tu devrais aller rejoindre tes amies.

— Non, ça va aller, répond-elle. Je vais rester avec vous.

Robert la regarde, incrédule.

— Vraiment? dit-il. Tu en es sûre?

— Sûre et certaine, dit Catou. Maintenant, vas-y et montre-nous de quoi Bristol est capable!

Robert se redresse et sourit à Bristol.

— OK, lui dit-il. Que le spectacle commence!

Catou sait alors qu'elle a pris la bonne décision.

Robert suit les trois autres manieurs et entre sur la piste. Catou se dirige vers la rampe, à côté des autres spectateurs. Elle se rend compte qu'elle a le trac!

Le juge traverse la piste, se retourne, puis revient sur ses pas.

— Ils vont commencer par la marche au pied, dit un adolescent qui vient de se glisser à côté de Catou, contre la rampe. Le manieur doit parcourir le même trajet que le juge, avec son chien qui marche calmement et reste au pied.

Catou fronce les sourcils. *Il n'est pas gêné, celui-là!* se dit-elle.

— C'est mon frère Robert, dit-il fièrement en le montrant du doigt. Et notre chien Bristol.

Catou est complètement éberluée.

— Tu es le frère de Robert? dit-elle.

— Oui, dit-il. Tu le connais? Tu es une de ses amies?

Catou prend un instant pour réfléchir. Est-elle l'amie de Robert?

— Oui, je suis son amie, dit-elle finalement. Je m'appelle Catou.

— Et moi, Daniel, dit le jeune homme. Je suis en retard parce que j'ai eu du mal à trouver une place pour me stationner. Ensuite, je me suis trompé d'aréna et je me suis égaré.

Il prend alors un air soucieux.

— Robert vient juste de passer dans cette catégorie d'âge. Il est donc le plus jeune et je sais qu'il est nerveux.

— Mais Bristol est tellement bon! dit Catou. Il devrait bien se débrouiller, non?

— Oui, probablement, dit Daniel. Mais dans la catégorie des jeunes manieurs, ce n'est pas vraiment le chien qui est évalué. C'est plutôt au manieur de compter des points. Les trois quarts le concernent et seulement un quart porte sur la performance du chien. Si Robert est trop tendu, il risque de ne pas bien s'en tirer.

— Oh! s'exclame Catou. Je l'ignorais.

Elle a encore plus le trac.

Le juge se dirige vers Robert et Bristol.

— Les juges font passer les chiens en ordre de grandeur, dit Daniel. Comme Bristol est le plus petit du groupe, Robert et lui vont sans doute passer les premiers.

Effectivement, Robert fait un signe de la main à son teckel, et ils se mettent tous les deux à marcher.

— Le manieur doit rester bien calme, explique Daniel à voix basse. Il ne doit ni parler, ni faire

claquer ses doigts, sauf s'il n'a pas le choix. Et le chien doit attendre son signal avant d'agir.

Bristol marche correctement au pied, sans tirer sur sa laisse. Robert s'arrête à trois reprises. Bristol fait de même. Quand Robert accélère ou ralentit, Bristol suit la cadence. Robert termine son parcours à l'endroit exact où le juge l'a terminé précédemment.

Deux autres organisateurs entrent sur la piste et se placent de chaque côté, en retrait de la rampe. Robert fait faire un parcours en huit à Bristol, en contournant les deux hommes.

— Beau travail! dit Daniel, tout bas. Bristol n'est pas du tout distrait par leur présence. Et tu remarqueras que Robert ne regarde pas Bristol tandis qu'ils marchent. Il sait qu'il peut compter sur lui pour marcher correctement, au pied.

Daniel agrippe la rampe. *Il est nerveux lui aussi!* se dit Catou.

Quand ce premier exercice de marche est terminé, le juge s'approche de Bristol. Il lui touche la tête, les épaules et l'arrière-train. Bristol ne bouge pas d'un poil.

Puis Robert et Bristol font un autre parcours, mais sans laisse cette fois.

Bristol suit Robert comme son ombre; il ralentit

et s'arrête au rythme de Robert.

— Très bien! dit Daniel. Maintenant, l'ordre de venir. D'abord, Robert ordonne à Bristol de rester sans bouger. Puis il va lui donner l'ordre de venir à lui.

Catou voit Robert qui fait un signe à Bristol. Le teckel vient aussitôt le rejoindre en trottinant, puis s'assoit devant lui.

Catou sourit. La performance de Bristol et Robert est excellente!

Ensuite, les trois autres concurrents effectuent les mêmes exercices. Le manieur du labrador s'en sort bien. Mais Catou trouve que les manieurs du shetland et du caniche sont trop tendus. Ils ont du mal à faire obéir leurs chiens et doivent répéter les signaux pour « assis » et « au pied ».

— D'après toi, Robert et Bristol sont-ils les meilleurs? demande Catou à Daniel. Vont-ils remporter le concours?

— Ce n'est pas terminé, lui explique Daniel. Il reste encore les exercices en groupe.

Catou gémit. Le suspens est insoutenable.

Les quatre équipes reviennent sur la piste. Les manieurs détachent leurs laisses et les déposent derrière les chiens.

Le juge leur donne des directives. Ils font signe à leurs chiens de s'asseoir. Ils s'éloignent d'eux en reculant, puis s'immobilisent et les regardent.

— Les chiens doivent rester assis sans bouger pendant une minute complète, explique Daniel à Catou.

Catou est très nerveuse.

— Ne bouge pas, Bristol, murmure-t-elle. Ne bouge pas!

Au bout d'environ 30 secondes, le petit caniche bondit, puis va rejoindre son maître.

— Oh non! dit Catou.

Le shetland se lève à son tour. Catou est convaincue qu'il va courir rejoindre son manieur. Mais celui-ci fronce les sourcils et fait un signe de la main à son chien qui se rassoit.

— Il va perdre des points pour avoir répété l'ordre de rester assis, lui chuchote Daniel.

Finalement, la minute est terminée et Catou soupire de soulagement.

— Bon chien! dit Daniel.

Le juge demande aux concurrents d'aller rejoindre leurs chiens

— C'est fini? demande Catou, toujours aussi impatiente.

— Presque, dit Daniel. Ils doivent répéter le même exercice, mais, cette fois, les chiens doivent rester couchés pendant 60 secondes.

Encore une fois, le labrador et Bristol brillent par leur performance.

— Bravo, Robert! dit Daniel, très fier de son petit frère. Maintenant, il ne reste plus qu'à attendre les résultats!

CHAPITRE DIX

Le caniche obtient la quatrième place et le shetland, la troisième.

Catou retient son souffle.

— Robert et Bristol obtiennent le deuxième prix, déclare le juge.

Robert sourit au juge qui lui tend un ruban vert. Il se penche pour flatter Bristol.

— Hourra! crie Daniel.

Catou applaudit frénétiquement.

Le juge donne le ruban du premier prix au

labrador et à son manieur.

Robert sort de la piste en courant. Il aperçoit Daniel et son visage s'éclaire d'un grand sourire.

— Hé! s'exclame-t-il. Tu as réussi à arriver à temps!

— Bien sûr!, dit Daniel en lui donnant une tape dans le dos. Vous étiez fantastiques, Bristol et toi!

— Oui, c'est vrai, dit Catou avec un grand sourire.

— Merci, dit Robert en brandissant son ruban. Le deuxième prix! Bristol est extraordinaire!

Il prend son teckel dans ses bras, puis regarde Catou.

— Et toi aussi Catou. Sans toi, je n'y serais peut-être pas arrivé!

— Oh, je crois que tu te serais très bien débrouillé sans moi, dit Catou. Bristol et toi, vous formez une équipe du tonnerre.

Soudain elle aperçoit Julien qui lui fait signe de venir le rejoindre.

— Je dois y aller, Robert, dit-elle. Encore une fois, félicitations.

— Je te reverrai peut-être au parc? dit Robert.

Bristol aboie une fois, puis une autre.

— Je veux dire Bristol et moi t'y reverrons, corrige-t-il avec un sourire.

Catou et Julien courent retrouver Béatrice et Maya. En revenant dans le grand aréna, un organisateur leur indique la piste D où le concours des chiots a eu lieu.

— Les voilà! dit Catou à Julien

Maya et Béatrice sont en train de flatter la magnifique petite chienne bernoise. Une dame plutôt corpulente, portant une jupe et des chaussures noires, la tient en laisse et sourit fièrement.

— Catou! crient Maya et Béatrice en l'apercevant.

La dame adresse un grand sourire à Catou.

— C'est donc toi, Catou! dit-elle. Ravie de faire ta connaissance. Je suis Guylaine.

Elle prend la main de Catou et la secoue énergiquement.

— Cajou a été formidable! dit-elle. Elle n'a pas remporté de prix, mais elle était calme et de bonne humeur. Et je sais que ça lui a plu.

Avant de partir, Guylaine serre de nouveau la main de Catou.

— Tu m'as vraiment beaucoup aidée avec ma petite chienne, Catou, dit-elle. Merci!

— Tout le plaisir était pour moi, dit Catou, ravie du compliment.

Elle s'accroupit devant Cajou.

— Bravo, ma belle! dit-elle en flattant son poil soyeux. Désolée d'avoir manqué ta performance sur la piste. Tu t'es quand même très bien débrouillée.

Cajou lui lèche la main, puis lui fait un de ses plus

beaux sourires de chien.

Ensuite, Julien dit qu'il est temps de rentrer à la maison. Guylaine remercie les filles une dernière fois.

— La prochaine fois que Cajou participera à une exposition canine, je préviendrai ta tante, et vous pourrez venir la voir, si vous en avez envie.

Les trois fillettes suivent Julien au pas de course.

Maya et Béatrice racontent à Catou ce que Cajou a fait pendant le concours.

— Et je n'ai pas oublié de prendre des photos d'elle, dit Maya. On pourra les mettre dans notre album des chiots.

En attendant sa mère devant l'aréna, Catou parle à ses amies de la performance de Robert et de Bristol.

— Le deuxième prix! s'extasie Béatrice. Mais, Catou, j'allais oublier! Tu ne nous a pas donné la réponse de ta blague!

Catou hausse les sourcils et les regarde d'un air dubitatif.

— Vous êtes sûres de vouloir l'entendre? Je vous préviens, elle est très mauvaise!

— On le sait, dit Maya. Mais c'est encore pire de ne pas savoir la réponse.

Maya inspire profondément.

— OK, Catou-Minou, poursuit-elle. Je donne ma langue au chat. Comment appelle-t-on les chiens qui vivent au Caire?

Catou hausse les épaules.

— OK, dit-elle. Vous l'aurez voulu! Les chiens qui vivent au Caire s'appellent des Égypchiens!

— La pire blague de tous les temps! déclare Béatrice, les lèvres tremblantes.

— La pire des pires, approuve Maya. Un record mondial!

Maya fait une grimace à Catou qui fait semblant d'être offensée.

Puis les trois amies ne peuvent plus se retenir et éclatent de rire. Julien les regarde par-dessus son épaule et lève les yeux au ciel. Catou rit de plus belle.

L'album des chiots :
une collection de chiots irrésistibles
Découvre-les tous!

Adorable Choco

Susan Hughes

ISBN 978-1-4431-2429-4

Gentille Mirabelle

Susan Hughes

ISBN 978-1-4431-2430-0

Incroyable Zorro

Susan Hughes

ISBN 978-1-4431-2431-7

Bijou cherche une maison

Susan Hughes

ISBN 978-1-4431-3359-3